Louis Léonard De Loménie

Galerie populaire des contemporains illustres, par un homme de rien

Antigonos

Louis Léonard De Loménie

Galerie populaire des contemporains illustres, par un homme de rien

Réimpression inchangée de l'édition originale de 1839.

1ère édition 2024 | ISBN: 978-3-38605-696-0

Antigonos Verlag est une marque de Outlook Verlagsgesellschaft mbH.

Verlag (Éditeur): Outlook Verlag GmbH, Zeilweg 44, 60439 Frankfurt, Deutschland
Vertretungsberechtigt (Représentant autorisé): E. Roepke, Zeilweg 44, 60439 Frankfurt, Deutschland
Druck (Imprimerie): Libri Plureos GmbH, Friedensallee 273, 22763 Hamburg, Deutschland

GALERIE POPULAIRE

DES

CONTEMPORAINS ILLUSTRES,

PAR

UN HOMME DE RIEN.

> Laissons là les théories pour ce qu'elles valent. En histoire comme en physique, ne prononçons que d'après les faits.
> — CHATEAUBRIAND. —

3ᵉ LIVRAISON.

M. DE CHATEAUBRIAND.

PARIS,

AU BUREAU CENTRAL,

Rue des Beaux-Arts, 13.

Et chez tous les principaux libraires et dépositaires de Publications nouvelles.

1839

M.^R DE CHATEAUBRIAND.

M. DE CHATEAUBRIAND.

Chateaubriand a reçu de la nature le feu sacré ; ses ouvrages l'attestent. Son style n'est pas celui de Racine, c'est celui du prophète... Si jamais il arrive au timon des affaires, il est possible que Chateaubriand s'égare, mais ce qui est certain, c'est que tout ce qui est grand et national doit convenir à son génie.

NAPOLÉON. — *Mémoires de M. de Montholon*, tome 4, p. 246.

———◦———

Dans les temps d'orages, quand grondent les révolutions, et quand les peuples, pour parler le langage de Lamartine, *errent au penchant des abimes comme des troupeaux sans pasteur*, la Providence, qui veille aux destins de l'humanité, fait quelquefois surgir du sol deux génies : l'un, armé d'une puissante épée, reconquiert le droit par la force, et sur les ruines d'un monument croulé pose les fondements d'un édifice nouveau ; l'autre, missionnaire de paix, de foi et de poésie, alors que tout lien moral est dissous, alors que le sentiment du beau s'est flétri au contact impur de l'incrédulité et de l'égoïsme, s'en vient, comme la colombe après le déluge, porter à la terre le rameau d'or, et renouer la chaîne des traditions religieuses et littéraires. Au premier les peuples doivent la vie politique et sociale, au second la vie du cœur, les délicates jouissances de l'âme :

La même année a vu naître Napoléon et Châteaubriand.

Il y a quelques jours nous aimions à suivre sur le quai Voltaire un personnage de petite taille, passant lentement et recueilli en lui-même, ainsi que René, à travers la foule, *vaste désert d'hommes.* Sa figure était longue, un peu osseuse et pâle ; ses traits fortement accentués ; sous ses sourcils proéminents brillait un regard d'une beauté singulière, mélange de douceur, de mélancolie, d'énergie et de grandeur ; son front était d'une ampleur olympienne, ses tempes saillantes, son crâne dénudé vers son milieu, mais couronné d'une épaisse forêt de cheveux blancs ; sa large tête était penchée sur l'épaule comme affaissée sous le poids de la pensée. Du reste, ce petit vieillard au regard profond était mis avec une élégance toute juvénile : il portait une redingote noire écourtée et gracieuse, une cravate irréprochable, des dessous de pieds, des gants et une petite badine en ébène.

La plus belle et la plus désirée des femmes de ce monde n'eût pu, dans ce moment, faire dévier nos yeux ou nos pas d'une ligne.

Et vraiment, pour l'homme qui connaît la rigoureuse solitude dont le chantre des martyrs aime à s'entourer, jouir de sa vue pendant une heure, le suivre pas à pas, épier ses mouvements, se rassasier de sa personne, se faire, soi infime, son compagnon de route à son insu, c'est là une bonne fortune que nous envieront tous ceux dont le cœur s'est épanoui aux premières révélations de l'amour en pleurant sur Atala ou René.

Cheminant ainsi à la suite du patriarche de notre littérature, nous nous irritions de voir la foule coudoyer, insoucieuse et stupide, cet homme dont le nom est grand comme le monde, et nous étions presque tenté de crier : Chapeau bas! place à Châteaubriand! Tout-à-coup, désireux de faire partager à quelqu'un nos jouissances, nous avisons sur notre chemin la demeure d'un honnête boutiquier de notre connaissance, nous entrons chez lui avec la rapidité d'une flèche : le digne marchand, assis derrière son comptoir, alignait des chiffres sur son grand-livre; nous le prenons par le bras, il nous suit machinalement, sans trop savoir si nous sommes bien en possession de nous-même. « Venez voir passer le premier écrivain de l'époque! le voilà! regardez-le bien! » Et à mesure que notre main lui désignait le vieillard, nous articulions d'une voix triomphante le nom de Châteaubriand, bien persuadé que l'extase allait tout-à-coup se dessiner sur la bonne figure que

nous avions devant nous : « M. de Châteaubriand ?
« murmure le profane entre ses dents, ah ! oui ,
« je connais... c'est un homme qui a bien de l'es-
« prit ; il a fait le *Voyage en Suisse.* » Il faut
vous dire que M. de Châteaubriand a écrit, en effet, quelques lignes sur la Suisse, et que notre in-
dustriel est lui-même d'origine helvétique. C'était
tout ce que le pauvre homme en savait.

Nous restâmes confondu : comment ! un membre de cette classe que M. Guizot appelle le pays
légal, un citoyen qui paie patente, qui lit le *Cons-
titutionnel*, et va peut-être aux bals de la cour,
quand on lui montre Châteaubriand, vous répond : « C'est l'auteur du *Voyage en Suisse*; »
et le dernier des gondoliers de Venise chante les
vers du Tasse, et le plus pauvre savetier de
l'Allemagne récite les ballades de Bürger et
se délasse des travaux du jour en lisant le soir
auprès de son poële les poésies de Gœthe ou de
Schiller !

Plus que jamais alors nous avons compris qu'il
y avait un fonds d'utilité réelle dans ces modestes

biographies ; qu'il était bon de tracer à grands traits, pour le bien de tous, les principales péripéties d'une noble et belle existence ; qu'il était bon d'apprendre à tous ce que les productions du génie ont infusé de sang pur dans les veines appauvries du corps social, ce qu'elles ont fait éclore de sentiments généreux dans les âmes, comment elles ont souvent consolé l'infortune, soutenu la faiblesse, arrêté la puissance dans ses écarts, et ravivé la foi chancelante.

Si les époques et les hommes font les livres, les livres, à leur tour, font les époques et les hommes.

François-Auguste de Châteaubriand est né à Saint-Malo, en 1769, d'une des plus anciennes familles de la Bretagne. Les premières années de sa vie s'écoulèrent dans le château de Combourg, vieux manoir paternel, au style sévère, encadré de grands chênes et de vertes bruyérés. Du haut de la tourelle où dormait l'enfant, il entendait au loin la mer mugir en se brisant sur les grèves, et déjà ses yeux se délectaient aux lueurs scintillantes des étoiles, son oreille au bruit des vents, aux cris plaintifs des mouettes du rivage, et son âme à toutes les harmonies de la nature armoricaine. Si l'on en croit quelques pages dérobées à ces *Mémoires d'outre-tombe*, legs funèbre du génie, dont la France appelle et redoute à la fois l'apparition, l'intérieur de la famille était triste et froid : pas d'abandon! pas d'épanchement autour du foyer! Austère, impassible et fier comme un vieux chevalier du moyen-âge, le père de M. de Châteaubriand était une de ces organisations de fer et de glace pour qui les émotions douces sont choses futiles et inconnues.

Cette existence, commencée au sein d'une nature sauvage, sevrée des joies du cœur et repliée sur elle-même, imprima de bonne heure à l'imagination de M. de Châteaubriand ce cachet de rêverie grave et profonde qui ne s'efface jamais et réagit sur le reste de la vie. Aussi, tout enfant, il fut poëte; une jeune sœur qu'il aimait, et dont l'âme délicate et pure comprenait toutes les splendeurs de la sienne, paraît avoir jeté sur l'uniformité de ses jours solitaires une teinte de douceur mélancolique, de grâce et de tendresse.

Destiné d'abord à la prêtrise en sa qualité de cadet de famille, le jeune de Châteaubriand fit des études substantielles et fortes ; commencées au collége de Dol, elles se terminèrent à Rennes où il eut Moreau pour condisciple. A vingt ans, le jeune homme était entré dans la période des douleurs intimes, des désirs sans nom, des agitations sans but. C'était René avec ce germe de tristesse qu'il *tenait de Dieu ou de sa mère*. Les entraves de la vie ecclésiastique lui font horreur ; un instant il forme le projet de se suicider ; quelques jours plus tard, il se prépare à s'embarquer pour les Grandes-Indes ; quelques jours encore, il arrive à Paris, en 1789, avec un brevet de sous-lieutenant au régiment de Navarre. Son frère aîné venait d'épouser la petite-fille de M. de Malesherbes. Le jeune officier breton fut présenté à la cour, eut l'honneur de monter dans les carrosses du roi, d'être admis aux levers et aux chasses royales, toutes choses qui l'intéressèrent médiocrement.

Il était une autre petite cour vers laquelle ses regards se tournaient avec bien plus d'ardeur ; l'accès en était interdit au vulgaire, l'esprit seul y avait droit de cité. Là trônaient les derniers disciples de l'école encyclopédique, Delille le descriptif, Laharpe qui depuis...... *mais alors il n'était pas vertueux*, Champfort l'incisif, le voluptueux Parny, Fontanes l'académique, etc. Ces débiles successeurs de Voltaire gazouillaient des madrigaux au milieu des hourras du serment du jeu de paume et de la prise de la Bastille, alors que résonnait, comme la trompette de l'archange au dernier jour, la voix puissante de Mirabeau. Notre futur monarque littéraire s'en vint timidement frapper à la porte du redoutable sanhédrin qui consignait ses arrêts dans le Mercure de France et l'Almanach des Muses. A force de démarches et de protections, il parvint enfin à faire insérer dans cette dernière feuille une idylle assez fade et dans le goût du jour, intitulée *l'Amour de la campagne*, dont l'apparition le pensa, dit-il, faire mourir de crainte et d'espérance. Cela se conçoit, on se blase de gloire comme d'autre chose, et Villars à Denain regrettait ses lauriers de collége.

Bientôt les événements deviennent plus graves, le trône chancelle sur ses fondements. De ruisseau, le flot révolutionnaire devient torrent; la noblesse, au lieu de se livrer au courant, ou de se jeter bravement comme une digue à l'encontre des vagues populaires, çède la place et quitte la France qu'elle ne reverra plus que transformée de la base au faîte. Avide de gloire et de dangers, ne pouvant rester en France, s'il ne veut recevoir la quenouille que distribuent les héros de Coblentz, d'autre part répugnant à cette désertion en masse dont il n'approuve au fond ni le principe ni le but, M. de Châteaubriand se décide à solliciter une mission périlleuse; il va tenter de découvrir avec ses vingt ans le passage aux Indes par le nord-ouest de l'Amérique, prêt, dit-il, à *pousser droit au pôle comme on va de Paris à Saint-Cloud.*

Deux mois après, l'intrépide voyageur s'était embarqué à Saint-Malo au printemps de 1791, avait traversé l'Atlantique, arrivait à Philadelphie et frappait à la petite porte de la modeste maison du Cincinnatus Américain, de Washington. Point de gardes autour du président des États-Unis, pas même de valets; c'est une servante qui ouvre et met en face cette gloire future et cette gloire présente. Muni d'une lettre de recommandation, M. de Châteaubriand expose son projet; Washington l'écoute, s'étonne et parle des difficultés de l'entreprise; « mais, lui répond vivement le « voyageur, il est moins difficile de découvrir le « passage polaire que de créer un peuple comme « vous l'avez fait! — Bien! bien! jeune homme! » dit le héros en lui tendant la main.

A quelques jours de là, M. de Châteaubriand s'enfonce dans les solitudes américaines. Son initiation à la vie sauvage est assez bizarre; il faut lire sa rencontre avec M. Violet, son compatriote, ancien marmiton du général Rochambeau, et devenu maître de danse de ces *messieurs sauvages* et de ces *dames sauvagesses*. Le petit Français en habit vert-pomme, frisé et poudré à frimas, racle sur sa pochette l'air de Madelon Friquet, et enseigne l'art de Terpsychore à une tribu d'Iroquois qui le paient en peaux de castor et en jambons d'ours. « Il se louait beaucoup, dit M. de Châteaubriand, de la légèreté de ses écoliers : en effet, je n'ai jamais vu faire de telles gambades. »

Bientôt le voyageur fait place au poëte, le passage nord-ouest nous semble à peu près oublié. M. de Châteaubriand s'en va de forêts en forêts, de peuplades en peuplades, admirant en artiste des effets de lune et de soleil, prêtant l'oreille à l'harmonie des vents et des eaux dans les profondeurs des bois, exposant sa vie pour voir de plus près la Cataracte de Niagara, voguant sur les grands lacs, remontant l'Ohio, explorant les gigantesques ruines qui couvrent ses rivages, s'inspirant de cette belle nature, de ces mœurs primitives, de ce pittoresque langage, de cette vie nomade et poétique, et s'arrêtant enfin dans le pays des Natchez pour rêver René, écrire Atala, et cette première épopée du jeune âge qu'il décora du nom de ses hôtes.

Un jour que rapproché des défrichements amé-
ricains, il avait demandé l'hospitalité dans une
ferme, un fragment de journal anglais tombe sous
sa main ; il le lit à la lueur du feu, apprend la
fuite de Louis XVI, son arrestation à Varennes,
les progrès de l'émigration. Tous arrivaient au
rendez-vous sous le drapeau des princes français.
— Le gentilhomme breton croit entendre la voix
de l'honneur, abandonne ses solitudes chéries,
traverse de nouveau l'Océan et rejoint l'armée
de Condé. On trouva qu'il venait bien tard ; il eut
beau faire observer qu'il arrivait tout exprès de
la Cataracte de Niagara. « Je fus, dit-il, au mo-
« ment de me battre pour obtenir l'honneur de
« porter un havresac. » Reçu enfin comme gar-
de-noble, il fit la campagne de 1792, avec un
vieux fusil sans chien, et le sac au dos. Dans le
sac était Atala, ce fut fort heureux, car cette
tendre fille du poète reçut, dit-on, et amortit une
balle qui allait droit à l'adresse de son père.
Blessé à la cuisse au siège de Thionville, atteint
à la fois d'une maladie contagieuse et d'une

affreuse petite-vérole, il fut laissé pour mort dans un fossé. Des gens du prince de Ligne le jetèrent dans un fourgon ; il fut conduit mourant jusqu'à Ostende, et on le coucha dans la cale d'une petite barque qui fit voile pour Jersey. Dans une relâche à Guernesey, comme l'infortuné était près d'expirer, on le descendit à terre, et là, assis contre un mur, le visage tourné vers le soleil, couvert de plaies et abandonné de tous, M. de Châteaubriand dut la vie à la pitié d'une pauvre femme de pêcheur qui le fit transporter dans sa cabane et lui donna les premiers soins.

Au printemps de 1793 le malheureux émigré passe à Londres. Ici se déroule dans toute son aspérité une carrière de douleurs et de misères. — Relégué dans un grenier, au fond d'un faubourg, sans amis, sans ressources, condamné par les médecins à traîner quelques mois, puis à mourir, et obligé pourtant de soutenir par le travail sa débile existence, M. de Châteaubriand traduisait pour des libraires, enseignait le français, et se délassait le soir de la monotonie de ses heures vendues en se livrant à la composition d'un ouvrage dont le vaste cadre annonce une singulière force dans cette tête de vingt-cinq ans labourée déjà par tant d'infortunes. Il s'agit de l'*Essai sur les révolutions* qui lui coûta deux ans d'études et parut à Londres en 1796. Le but de ce livre, d'abord profondément ignoré en France, est d'établir qu'il n'y a rien de nouveau sous le soleil, et qu'on retrouve dans les révolutions anciennes et modernes les personnages et les principaux traits de la révolution française. Cette idée amène des rapprochements nombreux, souvent forcés, parfois justes, toujours curieux, et qui dénotent de profondes études. Ces pages respirent l'amertume, la misanthropie, le scepticisme et l'incrédulité même : le jeune homme n'avait pas encore cette foi qui allège le poids du malheur. Écoutons-le raconter lui-même par quelle transformation subite, de philosophe qu'il était, il se trouva chrétien, et comment le *Génie du Christianisme* fut écrit en expiation de l'*Essai*.

« Ma mère, après avoir été jetée à soixante-

« douze ans dans les cachots, expira sur un gra-
« bat où ses malheurs l'avaient reléguée ; le sou-
« venir de mes égarements répandit sur ses der-
« niers jours une grande amertume ; elle chargea
« en mourant une de mes sœurs de me rappeler à
« cette religion dans laquelle j'avais été élevé ;
« quand la lettre de ma sœur me parvint au-delà
« des mers, elle-même n'existait plus, elle était
« morte aussi des suites de son emprisonnement.
« Ces deux voix sorties du tombeau, cette mort
« qui servait d'interprète à la mort, m'ont frappé :
« je suis devenu chrétien : je n'ai point cédé,
« j'en conviens, à de grandes lumières surnatu-
« relles ; ma conviction est sortie du cœur : j'ai
« pleuré, et j'ai cru. »

Cependant Bonaparte rouvrait aux émigrés les
portes de la patrie ; M. de Châteaubriand quitte
Londres. La cité où il traîna ses tristesses et ses
misères ne le reverra que vingt ans plus tard couvert de gloire et d'honneurs ; le brillant hôtel Pon-
sonby, à la porte duquel était peut-être venu
s'appuyer mourant le pauvre et obscur exilé, re-

tentira du bruit des fêtes splendides données à l'élite de l'aristocratie anglaise par l'illustre ambassadeur de sa majesté très chrétienne.

Rentré en France en 1800, M. de Châteaubriand obtient le privilège du Mercure conjointement avec son ami M. de Fontanes et se décide alors, pour sonder le public, à détacher du grand ouvrage, fruit de son exil, l'épisode d'Atala. Cette délicieuse fleur du désert, ce gracieux enfant de la solitude enchanta la vieille Europe ; c'était comme une langue nouvelle dont la mélodie large et pure chatouillait délicieusement des oreilles blasées. Malgré les sarcasmes de Ginguené et les épigrammes de Chénier, Atala eut un succès prodigieux. Après l'aurore le soleil ; après Atala, le Génie du Christianisme. Si l'histoire des faits est riche à cette époque, pour l'historien des idées il n'est peut-être pas de plus grand événement que l'apparition de ce livre.

Dieu fait bien ce qu'il fait : l'homme et le livre arrivaient à point. Longtemps ballottée par la tempête, la société renaissait à l'ordre matériel ;

les rangs se reformaient sous une main puissante ; mais les intelligences lassées du doute, épouvantées de l'athéisme et de ses conséquences, flottaient encore çà et là indécises, cherchant un phare, un port, un abri ; le Génie du Christianisme leur fut tout cela. On avait soif de foi, de poésie et d'amour ; on eut de l'amour, de la poésie et de la foi ; et la France, vieil Eson rajeuni dans la chaudière révolutionnaire, se surprit à croire et à pleurer comme aux beaux jours de son adolescence. Analyser le Génie du Christianisme est chose impossible à entreprendre ici ; il faudrait des livres pour dire les beautés de ce livre! Que dire aussi de René, le frère de Werther, d'Obermann et de Jacopo Ortis, le plus beau, le plus attrayant de tous ces enfants d'un siècle grave et rêveur, parcequ'il pressent par instinct la tâche immense de réédification qui lui est imposée?

Bientôt une attraction naturelle pousse le restaurateur de l'édifice social vers ce nouvel Orphée qui venait lui aussi rebâtir avec une lyre l'édifice religieux et moral. Châteaubriand avait dédié son livre au premier consul, le premier consul tend la main à Châteaubriand, et par l'effet de ce tact exquis qui le distinguait il l'envoie à Rome en qualité de premier secrétaire d'ambassade. L'auteur du Génie du Christianisme au sein de la capitale du monde chrétien, c'était dans l'ordre.

Au milieu des ruines de la ville éternelle, sous les portiques du Colysée, assis sur quelque débris du Cirque arrosé peut-être du sang des premiers chrétiens, Châteaubriand conçut son chef-d'œuvre, *les Martyrs*.

Il s'éprend dès lors d'un vif désir de visiter la Grèce, berceau de Rome païenne, et la Judée, berceau de Rome chrétienne, double théâtre où doit se mouvoir la grande épopée.

A quelque temps de là, revenu à Paris, M. de Châteaubriand fut nommé ministre plénipotentiaire dans le Valais. C'était la veille de ce jour de sinistre mémoire où le dernier des Condé tomba fusillé dans les fossés de Vincennes, à *quatre pas du chêne sous lequel saint Louis rendait la jus-*

tice (1). Le même soir, alors que toutes les bouches se taisaient muettes de stupeur et d'effroi, M. de Châteaubriand envoie sa démission. Cette protestation d'autant plus éclatante qu'elle était seule irrita profondément Bonaparte. Toutefois, soit qu'il regrettât lui-même la mort de la victime (car l'histoire n'a pas encore complètement levé le voile qui couvre le drame de Vincennes), soit qu'il comprit la noblesse de ce blâme solitaire, le premier consul se contint, essaya même mais vainement de ramener le transfuge, en le faisant plus tard nommer à l'Institut comme successeur de Joseph Chénier. L'histoire du discours du récipiendaire est bien connue. Ce discours, réfutation vive mais éloquente des principes politiques de Chénier et de la doctrine du régicide, écrit au moment où le sang royal venait encore de couler, au moment où les juges de Louis XVI occupaient les premières fonctions de l'Etat, sépara à tout jamais Napoléon et Châteaubriand.

Avant ce dernier fait, qui eut lieu en 1811,

(1) Expressions de M. de Châteaubriand.

et fut bientôt suivi de la suppression du privilége du Mercure, le poète s'était décidé à mettre à exécution son projet de pélerinage aux saints lieux.

Il part le 14 juillet 1806, revoit l'Italie, s'arrête un instant à Venise, pour donner un soupir à cette fiancée déchue de l'Adriatique, s'embarque pour la Grèce, court à Sparte où il fait retentir les échos solitaires du grand nom de Léonidas, s'en va rêver sur l'Agora d'Athènes, touche à Smyrne, jette un regard sur Constantinople, passe à Chypre, salue le Carmel et tombe à genoux devant la ville des désolations. Là il suit pas à pas les traces de l'homme-Dieu sur la voie douloureuse, il parcourt la vallée de Cédron en murmurant les lamentations du prophète; et après avoir rassasié son âme d'une ample pâture de foi, de souvenir et de tristesse ; chaussé l'éperon d'or de Godefroi de Bouillon, reçu l'accolade de sa large épée et le brevet de chevalier du Saint-Sépulcre à genoux sur le tombeau du Christ, le pélerin fait voile pour l'Egypte, traverse la ville des Ptolémées, remonte le Nil jusqu'au Caire, contemple les

Pyramides et Memphis, passe en Afrique, visite Tunis, et demande aux ruines de Carthage si elles ont gardé souvenir des méditations de Marius et des dernières paroles de saint Louis. Ensuite il s'embarque pour l'Espagne, arrive sur le mont Padul, et parcourant du regard la riche vallée de Grenade il comprend les regrets de Boabdil; sous les portiques de l'Alhambra, dans les jardins du Généralife, il rêve d'amour, de féerie, d'infortune, et d'une larme naquit le *Dernier Abencérage*, cette perle aux reflets si doux.

Rentré en France le 5 mai 1807, après dix mois de courses poétiques, M. de Châteaubriand se retire dans son gracieux ermitage de la Vallée-aux-Loups près d'Aulnay ; là il recueille ses souvenirs, écrit l'*Itinéraire*, cet ouvrage si remarquable de portée historique et philosophique, et puis enfin réunissant toutes les richesses d'images et de pensées qu'il a entassées sur sa route, il enfante *les Martyrs*.

Un mot sur ce livre où tout est beau, mais de cette beauté de Platon, *splendeur du vrai*. Dans le poème de Fénélon, Calypso et ses nymphes sont de pimpantes dames de la cour de Louis XIV, — l'île de la déesse est un jardin de Versailles, — Télémaque est un duc de Bourgogne, — Mentor un archevêque de Cambrai. Dans le poème de M. de Châteaubriand, les tableaux reflètent fidèlement les lieux ; la pensée et le style reflètent fidèlement l'époque. C'est mieux qu'une belle fiction, c'est une magnifique évocation historique. Il semble que sous la baguette du magicien nous voyons tour à tour défiler devant nous avec leurs vêtements, leur pose, leur langage et leurs idées d'autrefois ; les empereurs de la décadence romaine, les rois chevelus des hordes frankes, les prophétesses gauloises, les belles vierges de la Messénie, les sophistes grecs, les prêtres du paganisme et les enthousiastes confesseurs de la foi. Victor Hugo trouve qu'une église gothique est un livre sublime ; Goethe appelle l'architecture une musique solidifiée ; on peut, ce nous semble, dire des *Martyrs* que c'est un monument des temps antiques exhumé dans toute sa fraîcheur, comme

Pompéia ou Herculanum, des abîmes du passé.

Tandis que le poète se livrait ainsi à tous les enchantements de sa muse, l'histoire marchait autour de lui à pas de géant. Les événements de 1814 menaçaient de bouleverser la France. M. de Châteaubriand sort de sa retraite et vient se mêler au conflit.

En abordant ici la carrière politique de M. de Châteaubriand le biographe doit changer d'allure. Les belles pages du poète sont choses de sens et de goût, les idées de l'homme d'état et du publiciste sont choses de controverse ; nous avons admiré les unes, nous dirons froidement et impartialement les autres.

Le premier acte politique de M. de Châteaubriand, c'est sa trop fameuse brochure de *Bonaparte et les Bourbons*. Louis XVIII disait de cet opuscule qu'il lui avait valu une armée : nous l'avons relu dix fois avant d'écrire ces lignes, et nous ne pouvons nous empêcher de déplorer qu'une grande âme ait pu descendre un instant jusqu'à prêter son éloquence pour draper la haine et colorer la calomnie ; à chaque page la vérité est outrageusement torturée, les personnes et les choses complètement dénaturées ; c'est le libelle le plus virulent qui fut jamais, c'est une débauche du génie ; il la regrette sans nul doute ; la génération actuelle l'a oubliée, et la postérité, étrangère aux passions qui l'enfantèrent, refusera de l'attribuer à ce chevaleresque courtisan des grandeurs déchues, à cet homme que le *malheur trouve toujours pour second* (1).

Du reste nous tairons aussi d'amères paroles du captif de Sainte-Hélène sur son illustre ennemi. En échangeant l'insulte, ces deux ouvriers sublimes d'une même œuvre se mentaient à eux-mêmes. L'épigraphe placée en tête de ce travail, et maintes pages plus récentes et plus belles de M. de Châteaubriand (2), prouvent qu'ils ont fini par se rendre pleine justice.

Aux Cent-Jours, M. de Châteaubriand suit Louis XVIII à Gand où il fait partie de son con-

----

(1) Expressions de M. de Châteaubriand.

(2) Notamment le *parallèle de Bonaparte et de Washington*, et plusieurs passages du *Congrès de Vérone*.

seil en qualité de ministre d'état. Là il rédigea son rapport au roi sur l'état de la France, morceau trop poétique pour être vrai.

Après Waterloo, M. de Châteaubriand conserve son titre, mais refuse d'accepter un portefeuille en compagnie de Fouché. Dès cette époque commence à se dessiner sa puissance politique comme membre de la chambre des pairs, et surtout comme publiciste.

Pour comprendre la position perplexe et bizarre de l'auteur des *Martyrs*, il faut se reporter par la pensée à cette période d'irritation et de lutte qui suivit les Cent-Jours. Trois partis se disputaient le terrain. Les ultra-royalistes voulaient le roi moins la Charte; les libéraux la Charte moins le roi; les modérés, l'un et l'autre. Par ses sympathies, ses convictions, les instincts de son génie, M. de Châteaubriand tenait essentiellement à ce dernier parti; et pourtant entraîné par sa haine du régime impérial, par la violence même de ses derniers écrits, ou par je ne sais quelles sympathies de personnes, il se trouva d'abord enrôlé sous les drapeaux des plus fougueux partisans du trône et de l'autel. Toutefois, dans cette position équivoque, M. de Châteaubriand ne fit pas complète abdication de lui-même. Deux grands principes ont constamment resplendi comme deux flambeaux sur sa vie politique, et lui ont fait une popularité qui ne périra pas. Partout et toujours M. de Châteaubriand a défendu de sa parole et de sa plume l'intégrité du gouvernement représentatif et la liberté de la presse. Mû par une idée de poète, il s'était alors mis en tête de faire l'éducation constitutionnelle des hommes de l'émigration, et de les rallier à la Charte. La tâche était difficile, les écoliers singèrent la conviction ; l'avenir prouva que le maître seul était de bonne foi.

Malheureusement, dans l'espoir d'arracher des concessions à des esprits ombrageux et peu favorables aux institutions nouvelles, M. de Châteaubriand concéda beaucoup de son côté ; de là, bon nombre d'inconséquences que plusieurs lui ont vivement reprochées ; de là, l'appui qu'il prêta, au nom des libertés publiques, à cette chambre réactionnaire de 1815, ennemie de toutes les libertés ; de là, cette singulière mosaïque de doctrines constitutionnelles et de systèmes décrépits qui se rencontre dans son ouvrage de *la Monarchie selon la Charte*. Après avoir nettement posé les principes du gouvernement représentatif, rompu définitivement avec l'ancien régime, et miraculeusement entrevu la révolution de juillet dans l'article 14 de la Charte, M. de Châteaubriand procède, par voie d'exclusion absolue, contre les hommes de la république et de l'empire ; s'indigne, dans le chapitre 42, qu'on mette sur la même ligne le soldat mort pour le roi dans les champs de la Vendée, et le soldat mort à Waterloo pour la patrie ; accepte, dans le chapitre 52, comme bonnes les choses de la révolution, et repousse sans distinction les principes et les hommes qui les ont faites ; redemande à grands cris, pour le clergé, une propriété particulière, une constitution civile, la tenue des registres de l'état civil, et le monopole de l'instruction publique à tous les degrés.

La lutte une fois engagée, M. de Châteaubriand la soutient avec ce style nerveux et coloré qui n'est qu'à lui. Le journalisme devient dans ses mains une arme puissante, et le ministère Decazes chancelle sous les coups que lui porte *le Conservateur*. L'assassinat du duc de Berry détermina sa chute. Au moment même où un député venait en pleine tribune accuser le ministre de complicité avec l'assassin, M. de Châteaubriand, emporté par la fougue de sa polémique, s'oubliait jusqu'à écrire sa fameuse phrase : *Les pieds lui ont glissé dans le sang.* Le royal ami de M. Decazes ne la lui pardonna jamais.

Le pouvoir repasse aux mains des réactionnaires, la censure est rétablie, et la liberté individuelle suspendue ; M. de Châteaubriand, revenu un peu tard à ses répugnances instinctives, refuse son vote à ses dangereux amis. — A l'avènement du ministère Villèle, M. de Châteaubriand est nommé d'abord ambassadeur à Berlin, puis à Londres ; en septembre 1822, il passe les Alpes pour représenter la France au congrès de Vérone.

Dans cette assemblée de rois, M. de Châteaubriand plaida chaudement, mais en vain, la cause des Hellènes ; défendit les intérêts de la France au sujet de la guerre d'Espagne, et revint bientôt remplacer M. de Montmorency aux affaires étrangères. C'est ici le point le plus éclatant de sa carrière politique. On a écrit partout que le congrès de Vérone avait imposé la guerre d'Espagne à M. de Villèle, et que M. de Villèle l'avait imposée à son collègue. Or, M. de Châteaubriand a publié, l'année dernière, un livre à l'effet de prouver, au contraire, que le congrès n'a jamais voulu la guerre, que M. de Villèle s'en souciait peu, et que lui seul l'avait désirée et décidée. Dans quel but ? le voici ; laissons parler M. de Châteaubriand lui-même :

« Qu'on imagine Ferdinand régnant d'une ma-
« nière raisonnable à Madrid, sous la verge de la
« France, nos frontières du midi en sûreté, l'I-
« bérie ne pouvant plus vomir sur nous l'Autriche
« et l'Angleterre ; qu'on se représente deux ou
« trois monarchies bourbonniennes en Amérique,

« faisant, à notre profit, le contre-poids de l'in-
« fluence du commerce des États-Unis et de la
« Grande-Bretagne ; qu'on se figure notre cabinet
« redevenu puissant au point d'exiger une modi-
« fication dans les traités de Vienne, notre vieille
« frontière recouvrée, reculée, étendue dans les
« Pays-Bas, dans nos anciens départements ger-
« maniques, et qu'on dise si pour de tels résultats
« la guerre d'Espagne ne méritait pas d'être en-
« treprise (1). »

On trouvera peut-être beaucoup de poésie dans ce plan, mais nul du moins n'en méconnaîtra le patriotisme et la grandeur.

Huit mois s'étaient à peine écoulés depuis la reddition de Cadix et la délivrance de Ferdinand, lorsque l'homme à qui la Restauration devait ce peu de gloire est tout-à-coup *chassé comme un valet qui aurait volé la montre du roi sur sa cheminée* (2). M. de Villèle le jalousait, Louis XVIII

(1) Congrès de Vérone, tome 2, p. 425.
(2) Expressions de M. de Châteaubriand.

ne l'aimait pas : il avait refusé de soutenir la *conversion des rentes,* qu'il désapprouvait ; il n'avait voulu du *renouvellement septennal* qu'avec le changement d'âge ; il était populaire, M. de Villèle ne l'était pas ; les rois étrangers lui envoyaient des cordons, M. de Villèle n'en recevait pas ; il était tenace et fier comme un Breton, M. de Villèle souple et rusé comme un enfant de la Gascogne. Il fut incivilement éconduit.

L'injure était grande ; la vengeance égala l'injure. — Coriolan passe aux Volsques, M. de Châteaubriand s'arme de sa plume et plante sa tente dans le *Journal des Débats.* Le chef de la phalange royaliste de 1818 connaît mieux que personne le côté faible de ses anciens soldats. Réduction des rentes, censure, loi du sacrilége, dissolution de la garde nationale, toutes les mesures ministérielles sont criblées à jour.

En vain M. de Villèle appelle à son secours toutes les ressources d'un esprit subtil, en vain il s'accroche à son portefeuille avec la rage du désespoir, après trois ans d'une lutte acharnée, il est précipité des hauteurs du ministère par son formidable ennemi.

M. de Châteaubriand n'avait pas prévu toutes les conséquences du combat ; en rompant des lances avec un ministre de la Restauration , il faisait la guerre à l'homme et non à la chose. Or, il advint que la jeunesse ardente qui se pressait sur ses pas confondit l'homme et la chose dans une haine commune. Le ministère Martignac fut un temps d'arrêt dont M. de Châteaubriand profita pour aller à Rome tenir coûr plénière d'illustrations, et méditer sur le néant des grandeurs humaines. A l'avénement du ministère Polignac, il envoie sa démission d'ambassadeur ; la lutte recommence ; on sait comment elle se termina.

Quand il apprit les fatales ordonnances, M. de Châteaubriand était à Dieppe ; il accourt en toute hâte, il arrivait trop tard. Au moment où il franchissait les barricades pour se rendre à la chambre des pairs, on le reconnut, on l'entoura, et ces mêmes hommes qui venaient de chasser les Bourbons portèrent en triomphe le vieux serviteur, hélas ! trop vengé, qui s'en allait tenter pour eux un dernier et inutile effort.

Depuis la révolution de juillet, M. de Châteaubriand s'est voué à la défense de la dynastie déchue ; chacune de ses brochures a fait événement. Son opposition de jadis, il l'a expiée par les procès et la prison ; et l'on a vu l'auteur des *Martyrs*, arraché à son poétique sanctuaire, siéger entre deux gendarmes sur les bancs de la cour d'assises.

Outre ses écrits de circonstance, M. de Châteaubriand a donné au public les *Etudes historiques*, dont la préface à elle seule est un chef-d'œuvre de style et d'érudition ; *Moïse*, cette belle évocation de la tragédie antique, l'*Essai sur la poésie anglaise*, et la *traduction de Milton*, difficultueuse entreprise que lui seul était capable de mener à bien ; et enfin le *Congrès de Vérone*, ouvrage destiné à redresser bon nombre d'erreurs au sujet de la guerre d'Espagne. A cette heure, environné d'un-voile épais de solitude et de silence, étranger au bruit qui se fait à ses pieds, l'illustre vieillard compose son chant du cygne, il achève les mémoires de sa vie, au bord de sa tombe : il a prié la mort d'attendre qu'il ait fini ; et, pour lui complaire, la mort attend.

Si l'on veut savoir en définitive notre dernier mot sur la carrière politique de M. de Châteaubriand, il nous semble qu'elle peut se résumer ainsi :

De 1814 à 1825, il combat pour le passé contre l'avenir ; de 1825 à 1830, il passe sous la bannière de l'avenir, et brise le passé ; après 1830, il cherche à souder, à sa manière, le passé et l'avenir, une tige bourbonnienne et un tronc démocratique, *Jacques Bonhomme* (1) et Henri V. — La soudure est-elle possible ? — Nous répondrons à la manière de Cujas : *Nihil hoc ad edictum prætoris,* traduction libre, ceci n'est pas l'affaire du biographe (2).

(1) Sobriquet sous lequel on désignait la classe populaire au moyen-âge.

(2) Dans la première édition de cette esquisse biographi-

que sur M. de Châteaubriand, nous avions passé sous silence l'homme privé que nous ne connaissions qu'imparfaitement. Depuis, il nous est advenu un bonheur d'autant plus doux qu'il n'était ni recherché ni espéré, bonheur que nous devons bien moins peut-être à l'expression enthousiaste d'une admiration si naturelle, qu'à la respectueuse franchise de nos réserves. Il nous a été donné de voir souvent et de près la plus haute personnalité littéraire de ce temps-ci, et nous avons pu nous convaincre que la simplicité, la modestie, la bienveillance sont les attributs inséparables du véritable génie. *Sinite parvulos venire ad me :* laissez les petits venir à moi, disait le Christ ; l'Homère du Christianisme, si ferme, si imposant, si digne en face des grands de la terre, a, comme le divin maître, de délicieuses préférences de cœur pour les *petits.* Rien ne saurait peindre ce gracieux abord, cette exquise urbanité, cette humilité sublime parcequ'elle n'est point jouée. A entendre M. de Châteaubriand parlant naïvement de sa personne et de ses œuvres, comme vous ne parleriez pas de votre minime personne et de votre dernier feuilleton ; à voir cette gloire en cheveux blancs, ce Napoléon de la poésie entouré parfois de docteurs imberbes, prêtant à leurs propos une oreille attentive, émettant presque timidement une grande pensée, vous diriez, n'était la pensée étincelante, que l'ignorance et l'obscurité, c'est lui, et que le génie, le nom immortel, le beau nom littéraire du siècle, c'est vous, c'est moi, c'est le premier venu.

(Note de l'auteur.)